林长芯 著

# 流水和白马

百花洲文艺出版社
BAIHUAZHOU LITERATURE AND ART PRESS

**图书在版编目（CIP）数据**

流水和白马 / 林长芯著. -- 南昌：百花洲文艺出版社，2021.6（2021.7重印）
ISBN 978-7-5500-4198-1

Ⅰ.①流… Ⅱ.①林… Ⅲ.①诗集 – 中国 – 当代Ⅳ.①I227

中国版本图书馆CIP数据核字（2021）第037685号

## 流水和白马

林长芯　著

| | |
|---|---|
| 出 版 人 | 章华荣 |
| 选题策划 | 胡青松 |
| 责任编辑 | 余丽丽 |
| 书籍设计 | 方　方 |
| 封面插画 | 李路平 |
| 制　　作 | 何　丹 |
| 出版发行 | 百花洲文艺出版社 |
| 社　　址 | 南昌市红谷滩区世贸路898号博能中心一期A座20楼 |
| 邮　　编 | 330038 |
| 经　　销 | 全国新华书店 |
| 印　　刷 | 南昌市红星印刷有限公司 |
| 开　　本 | 889mm×1230mm 1/32　　印张 7.125 |
| 版　　次 | 2021年6月第1版第1次印刷 |
| | 2021年7月第1版第2次印刷 |
| 字　　数 | 29千字 |
| 书　　号 | ISBN 978-7-5500-4198-1 |
| 定　　价 | 42.00元 |

赣版权登字　05-2021-131

邮购联系　0791-86895108
网　　址　http://www.bhzwy.com
图书若有印装错误，影响阅读，可向承印厂联系调换。

# 前面的话

　　培养江西文学后备力量，让江西文学队伍呈现良好的梯次结构，从来就是江西作协的工作重点之一。

　　2020年开始，这一工作有了一个具体的名称："青苗哺育"工程。

　　编辑出版"江西8090·重点作品创作扶持项目"丛书，是组织实施这一工程的重要举措之一。

　　我们这一工作的目标，是出版一套1985年1月1日以后出生的、已经取得了一定创作成绩、有了初步创作风格的青年文学作者作品丛书，以此检阅和展示他们的创作成绩，打造一支属于江西的文学梦之队。

　　今年8月初，我们向全省公开征集书稿。征集工作得到了许多青年作者的响应。有十四位江西青年作者参加了应征。

　　我们组织了文学评论家、知名作家、诗人进行评审。李杏霖的小说集《少年走过蓝木街》，欧阳国的散文集《身体里的石头》，丁薇诗集《波澜后的涟漪》、刘九流诗集《到处都是轰鸣》、林长芯诗集《流水和白马》成功入选。

　　这五位作者，都十分年轻，他们最大的出生于1986年，最小的出生于1997年，才23岁。

这五位作者，已经有了一定的创作成绩：他们有的在重要文学期刊发表过组诗、散文和小说作品，有的参加新概念作文大赛等征文活动获奖。

他们的作品集，已经呈现了很好的潜质，比如从李杏霖的小说中，可以看出她已经有了很好的文本意识和语言的驾驭能力；刘九流有相当明确的主题意识；林长芯的诗歌，显示了他与世界已经建立了良好的交流通道，并努力谋求传统和现代在诗歌中的和解；丁薇的写作，努力拓展个人的精神边界，已经有了较为明晰的美学风格；欧阳国的散文，充满了对故土的深情凝视和对亲情的惦念，显得无比疼痛与哀伤。

毫无疑问，他们还有很多不成熟之处，但我们从他们的作品中看到了他们的追求，他们的潜质。这追求和潜质让我们欣喜和期待——

期待他们能拥抱更辽阔的生活旷野，树立更大的文学雄心，冶炼更加纯粹的文学技艺，抵达更高的文学境界。

期待他们乃至更多的江西青年作者，这依然柔嫩的青苗们，能早日长成江西文坛乃至中国文坛的高大乔木。

江西省作家协会
2020年11月

# 和呼吸一样重要的（自序）

　　山林必然曾经是这样的：从绿意内敛的山头，鸟飞来飞去，几朵云再也撑不住，嘶嘶然的声音从云端到山涧，从山涧到附近的荒村，跌入篱落。

　　我常在峰山附近行走，有时独坐在旷野，带着几本书，暂且放下手头的工作，即使有无限倦意，在此也很快便消散。坐在山崖边，仿佛随时能摘到一朵云。跟随一条山径向前走，兔子出没的痕迹清晰可辨。秋日，栾树的枝头堆满鲜艳的果实，山包上的芦花，吟出一则则白茫茫、虚飘飘，说不清、听不明的飞絮。在这山旮旯，靠近云雾的地方，我们在午后走向某个不知名的山谷，一两栋房子的轮廓渐渐清晰，主人养着的鸡鸭，正躲在灌木里，窥伺着两个外来物种。

　　这是我设想过的生活，回到某个林子里，我有木屋，水瓢和山泉，有一匹白马，在涧边低头，眼神安宁，对流逝没有太多想说的话。

　　故土必然也是这样：它和峰山下某个被人遗忘的村落一样，甚至更不为人所知。总在某个时刻，想起水边的那棵苦柚和种柚的阿婆，她中风多年，居于夯土房里，我去找她聊天，在满屋子的异味中，她平静，似乎怀有某种期待，问我，我今年有有死？我露出笑意，回她，怎么会，阿婆长命百岁。

话毕，她脸上显得很是失望。

那条逼仄的长在水边的小路（如今已回归丛林），我们沿着它走出童年，走出村子，又从右边山脚下新辟的水泥路回来，——村里最后一户已变得空荡荡的，积了厚厚的灰尘。金仁，大我们两三岁，多年前就坠楼故去，他的爸爸对生活倒看得很开，每日骑着摩托车出去溜达，该吃就吃，该玩就玩。听到他爸爸的死讯的时候，我们免不了心中一惊，想起多年前一起推独轮车去砍柴，想起婚宴上，他在厨房里忙碌，不停嘱咐我要发愤读书。年初某个雨夜，我去村里买土鸡蛋，看到90多岁的郭大爷，晚上9点多还在村路上散步，眉宇间像有挥之不去的忧愁，不知是谁告诉我，他的儿子春华去年已经去世了。我，我内心有些憋闷，一再想到我们走乱葬岗去隔壁村上学的日子，想到过去的村子，闭塞，但村民们那样亲切，叫着每个人的名字，都感觉像喝着甘洌的泉水。

生活必然也是这样：我毕业就工作在兴国某个山村小学，把课余时间用来和孩子们对话，傍晚，在山头倾听夕阳。清晨，采摘露水和凉风。和大多数人一样，我从失恋，到再恋爱，结婚，生子，换工作，兜兜转转，我竟又回到大学读书的地方，楼梯岭，并工作在离它不远的一个中学。我每天穿过满天黄沙的路段，又在太阳西移时往回赶。这一切并没有多么值得陈述。我乐意分享的不过是它的平淡。我乐意分享的不过是，岁月中的回首之憾，那个在楼下超市挥着手，唱着上世纪六七十年代老歌的大爷，我多次谋划着要去好好和他聊聊天，听听他的故事，他却没能熬过上一个寒冬。还有我一路遇见的，比如董老，六十多岁了，腰间系着一根乌黑的布条，我在榕树下和他聊天，听他说着他颠沛的一生，末了，他竟从蛇皮袋里搜出几个韭菜包子，问我，小林饿不，你要不要吃两个？

或者是大悲大喜、成功与挫败、贪恋与舍弃，善与恶……或者是婚姻的屋里，挂满的爱恨，吵架伤痕，但你每日凝视着窗外的灯火，万家灯火，带着温暖的色泽，让人一再发问，直到内心变得柔软，你不再气呼呼的，又放下情绪，去拖地洗衣铺床，这时，一个温暖的身子拥着你，缠着你，一个甜滋滋的声音唤着你，让你心有千言却不发一语。

——哦，这些便是我反复书写的，尽管很久以来，我早就忘了去思考写作的意义，因为它已经变得跟我的呼吸一样重要，成为生命中的不可或缺。

我想用写作去劈开这个世界，劈开她的温柔绚烂，也劈开她的阴暗狡黠。

在这里，我可以回首再看一看这可惊可叹的山川和人世。能多看它们一眼，便能用悲壮的，甚至是徒然却不肯放弃的努力再解释它们一次，并欣喜地看到，人们如何用智慧、用言辞、用弦管、用丹青、用静穆和爱，——对这世界作其圆融的解释。

是为序。

林长芯

2020年11月9日

# 目

# 录

目 | 录

目｜
　录

第三辑｜而身后群山奔腾

目｜
　录

## 第四辑 | 一个人生活

目｜
录

第五辑｜一只红蜻蜓停在枯枝上

目 | 录

第一辑

每一个红薯都在蓄积甜蜜

# 暮色

狐尾藻绿着，密密层层的
暮色低垂，但孤独仍在

灯火稀疏，鸟雀在天空低飞
但孤独仍在

无用之物像痰液阻滞着气道
直到夜色落上句号

鸡冠刺桐滴着水
鲜血似的花瓣在路灯下
轻颤了一下

像时针又向前走了一步

# 我的体内，正落叶纷纷

仿佛一整个春天，我都在等，

等你一语不发，把所有叶子落下。

仿佛厌倦新生。

身旁的玉兰竖起箭镞。

一排排香樟，积攒着更多香气。

结缕草把草坪铺得亮闪闪的。

我最好什么都不对你提起。

从朝阳升起，就看你落叶，

看你把鸟鸣落下，把头顶的阴云落下，

把日月星辰统统落下。

落在消瘦的山路上，

落在犹豫试探的蚁群上，

落在大江坑，一盏煤油灯前，

父亲咳出的血迹上。

落在这个，

酩酊，万物岑寂的夜晚，

我无言的颤抖中。

# 一棵香樟，在寂静中喧腾

春日。在小镇。我和一条狗

有幸醉于你的香氛。

一些鸟雀隐在枝梢，啾啾啼鸣

阳光从叶片漏下，我从树下走过

总想起一些寂静的事物

譬如，一只深陷泥淖的轮胎

譬如，雨夜里的一只灯

有时，我在你裸露的根部停顿

风再次吹起，我听见你的叶子在说话

从大江坑到慈云塔路

从祖屋到他的坟茔

一提到火、凉山，便如惊弓之鸟

很长时间，我们恍惚，忐忑

我们什么话也不说

和腥湿的青苔，坐在一起

看凹凼里挣扎的蚂蚁

看月夜下，向现世中的事物

俯身的落叶

簌簌地，填满我们之间的空隙

# 春山空

我所说的空，不是风刮过

原野的空。我想叙述的是醉酒的白云

以及山下一大片石楠

把新梢和嫩叶酿成血色

空中，有几粒麻雀的心脏

它们跳动了一下，又跳动了一下

黄葛的树叶在三月里继续落

我所说的是，枝头的空旷

像一个人剪掉的欲望

只是，骨骼有些僵硬。手指空翻

抵达幻境。我想叙述的是

檵木的白，天空的蓝

和指点江山的风。我想说的是

晚霞的经卷，留住体内的寺院

和不歇的钟磬

菩萨的侧脸柔和，不再让人忧郁

# 在蘑菇小镇

并没有遍地的蘑菇，更不必谈

在蘑菇下躲雨的昆虫

在小镇。我见到的是

河堤上泛滥的柳絮，结缕草如同绸缎

不远处的林子里，传来沙沙声

我见到颤抖不止的苍松和木

几枝残荷在池塘里睡着

湖畔，竹篱，蜂群嗡鸣，没有一丝血污

从菜园回来的人，两手空空

暮色四合。我躺了下来

草腥味让人安心。很快

我将拥有星群，和斑斓的梦境

天亮后，你们也不必来找我

莹莹的露、柔风、芽苞

都不是我。一株黄葛在三月里

落叶纷纷，它的草木之躯

屏息凝视，山川的起伏

你来了又走了，像无名

也像永远不会绝望的那枚松针

# 在狐狸坑

在狐狸坑，我没有再遇见狐狸
葡萄架悬在头顶，细密的藤已经干枯

我习惯在这儿打坐，由于它的高悬
我也习惯了向上仰望

或漫步山间，溪涧里的水
叮叮咚咚。山风吹拂脸颊

很久以来，我种豆，养狐
养一声不吭的狐

秋日。葡萄从藤叶缝隙挂下来
我的狐，卧在石阶上

在狐狸坑，我不再写波澜文字

养狐，食山果，过缓慢的一生

看藤叶一片片落下来

看泛滥的时间。在天际划出一道深深的伤口

# 与友夜饮琴江

—— 致聂迪

夜晚先于我们坐在黑暗中
微风一层又一层，晃动着枝梢

清晨四时三刻。小雨。细微的光中
琴江露出古老而柔和的线条

青草、柳絮还未醒。我们一夜不眠
有些许恍惚，但和醉意无关

如同我们的沉默，和少时不羁，离异
以及诗歌无关

我们饮尽杯中酒，不再摔碗而歌
窗外的雨，继续浇铸一座桥

一条河流，已然萌生去意
河畔，没有鼎沸的人声

——除了我们，除了已陷入过去式的孤独
正被黎明描摹

# 致母亲

她不懂诗，也不知道我为何去石城

她总丢三落四，去卖菜还找错钱

洗过的碗仍布满油渍。

我们倒掉剩饭剩菜，她总说：

造孽啊，太可惜了。

五十岁一过，她开始对我言听计从

病了吃药，累了就歇

有时又像个孩子，在我耳边絮叨

记得带衣服，牙刷捡了没

你喜欢的那本书呢

然后抱着一一说，跟爸爸说一路平安

我挥手。推门而出

到石城，我去买水

才在钱包里，发现她塞进来的

透着酸菜味儿的零钱

和一个平安锁，晶莹剔透

如同一个人的眼泪

# 在和乐村

仿佛已经老去，

在废弃的屋子里，挖土，除草……

陶罐残片在角落，应和着虫鸣。

泥墙不高，葛藤缓缓向前，

狗叫和炊烟爬上李家坪时，

小小的和乐村，俗尘扑鼻。

若有人敲门，我必请他进来，

塞给他一兜豆角茄子，加上几缕夕光。

还未塌败的土灶前，

言语多余，听，火在说话。

# 冥想

心无挂碍地走在小路上

多么高兴，天空这样高远

草叶拂动，如同淌过的溪流

蝉耐心地吟唱

无患子的凉荫里，有人昏睡

有婴儿哭，南天竹摇动着青果

暮色越压越低。鸟虫合鸣

——我不会发出一点声响

惊动自然之神的加冕

## 清晨的颂歌

两排香樟带着自身的气息

拥抱在一起，融合了时间

庆幸，此夜和彼夜之间没有分歧

一个孩子，在树荫中奔跑

追逐一只跳跃的鸟儿

落叶缓缓铺下来

微风拂动，他追着鸟儿奔跑

脆生生的笑，滚过青草地

在朱槿花丛中拐个弯

径直飞往天空

这是清晨，露水还在草尖做梦

阳光鲜嫩，吹弹欲破

# 秋日序曲

"熟睡的草木在根须里做梦。"

秋虫敛声。世事包含着无法揣测的

延续性。起初生活给予教训

如今，一座花园多么安静

仿佛一成不变的日子持续了太久

楼顶的三角梅，坠下鲜红的花瓣

阳光涂抹着金粉。辣椒干，翻秋花生

有着浓郁的香气。一位年轻妈妈

摇晃婴儿车，哼起歌来

在这片刻的出神中，我与她们仿佛

成了一家人。我们再不谈

往昔与明日。诸事莫作

安静，平和，与季节有了某种默契

那掉落的柿子交给饥饿的山鸟

山野岑寂，有着露水凝结的凉意

而星子挂在山巅，窥见了我们内心

如河川和道路般

庞然的拐弯和痛苦的回环

# 在红薯地

我一直想去的地方
是山坡下的红薯地
那里松针无声地落，我可以
虚度一下午的光阴，和土地里
那些野孩子说说话

如果它们沉默，不愿回家
我就陪它们坐着，什么话也不说

——旷野一下子就安静了下来
我心上没有乱石。每一个红薯都在
蓄积甜蜜……

# 羊蹄甲，或者生活

我蹲坐路边，写《病中小记》

冥想，出神。一株羊蹄甲站在身旁

以落叶提醒我光阴流逝

我熟悉它，但并不心存热爱

像对待一些人，善或恶，都不在意

一株植物需要多少温情

夕阳、雨露、目光，已经足够

整个下午，我枯坐树下

偶尔自言自语，这多么像它

忍不住了，就摇一摇叶子

也有鲜红的花瓣睡在枯黄的草地上

我心存感激：那些羊蹄状的绿叶

撒下浓荫，将我短暂抽离

我看着那些翠绿的蹄印，心想

有多少我们看不见的羊群，漫步空中

默然，咀嚼着空气、云朵

——如同我们孤身走过生活

# 病中小记

## ——献给亲爱的自己

"在我身上你或许看见了秋天。"

病中翻阅莎士比亚，又忍不住

读出声来。药水没有体温

一点点进入体内，像极了光阴

起初与我们为善，偶尔也塌败如山倒

无法握手言和。我记住此刻：

手臂僵硬，冒冷汗，咽痛

窗外的火棘，揪住女子的线衫

一只黑猫昏睡在屋檐下

我第一次对叶落这个场景

心生敬畏。我素来沉默，此时更甚

懒于打理自己，出门。但这

并不妨碍一条路走到绝境

继续胡诌吧，在书桌前思量

或者到陌生的地方去虚度

一首诗会戛然而止……

而一个人的身体里，会有遥远和无限

# 散步

夜风凉凉的，像儿子刚退烧的额头

从街道走过，就路过了蝉鸣

灯火和某种恍惚

我们都一样，步履匆匆

受累于爱，携带着病历、钟表

和命运的流水，什么话也不必说

像月亮，均匀地照耀着

又陷于人世的深井

# 秋日跋

到了秋天，就像丢掉扇子的银杏

一句话也不说。学着像树根一样

去找水。倘若幸运一些

就长在路边，你一低头

看见苣荬菜或者秋英，小小的花

闪烁，像光束。秋风的刀刃上

我们浑身都是伏虎的伤痕

井水依然在侵犯河水

小寺院钟声里的寒意，叫人绝望。

暮晚，我们谈起危机、佛门和俗世

仿佛有一只野豹在体内逡巡

寻找着出路，让人不安

长椅上那个人，对着一株银杏坐下

一声不吭。鸟来了，就合鸣

吹透天空的风，也吹透他的身体

# 旧田契篇

比如捧起一张田契，想起

如豆小灯亮在同治某年、光绪某年

想起一些沉默的人，

自愿钉在这寂静的田畴


眼前这泛黄，薄薄的一页

想象着它，把犁搬进词典

允许山脚下的篱墙被葛藤占领。

允许蛰伏的昆虫，蝌蚪们

重新钻进生活的圈套

这毛茸茸的阡陌，草的小嫩芽

披挂着露水，让我俯下身来

深处的软泥缠住我的脚

一条蚂蟥朝我追来

它允许这不为人知的险情

一点点返回。整个夜晚

我像面对着一份陈年旧账

坐在熟悉的田垄上，身旁

紫菀花寂静地开着

属于她们的心碎，刚刚开始

# 樟下夜饮图

凌晨。每一条昏黄的街道
都连着寂静和空旷。而夜空风起云涌

路边的烧烤摊很小，可我们的胃很饥渴
我们对饮，抛出一些话题——

童年。匕首。鱼腥草。
鹅毛笔和诗……

说到被用旧的爱
——我们拉开木椅间的距离

更多时候，我们双目空空
听夜风吹过又吹过

直到离开，桌上那未掰开的海牡蛎
仍然在黑暗里沉浸

# 大荒经

去处有狂风骤雨。仿佛古时的神兽

夔牛，闪着光芒又出现了

是谁在不远处捶鼓。深夜

雨点从草树滴落下来

故人山河，仿佛一个人的难言之隐

湖畔的一棵老柳还活着，迎风落泪

它拒绝告诉我，是悲伤还是欢喜

一条江安静得像是睡着了，登临旧地

往往是沉默，内心沸腾

而你无法合上眼前的一条小巷

你听，秋风响起：紫薇烂漫。

鸡黍齐备。宜嫁娶

在这雨中返回的，还有谁

两只睡梦中的鹧鸪被吵醒了

紫牵牛吃惊地挤到一起

有人又读了一遍：

七月流火，九月授衣……

# 重建

来去一千六百里，自驾，割一亩稻

取篝火之暖，在星空下说一些话

大半时间，沉默，像一盏灯

两两相照。手臂刹那的交错

染上稻穗的温和。

我们深谙某种秩序

仿佛一次心碎的回归。而我

念及亲人旧友，始终没有学会

和土地握手言和。我有过多的眼泪

苍茫衍生出的孤独。当风刮过

空旷的田野。我们重回生活

酸痛的腰身，又弯下去一分

呵，站在锋利的时间面前

是一件多么危险的事情

# 归途

暮晚，在天空下穿行

忽然想起，晚霞行千里

我们都一样，远途尚未涉足……

缓缓地走啊，像这大地上的事物

山川青空仍在，地图深处

有人等在暮色中。此去八百里的

资溪，我们围坐一圈，头顶结满钻石

篝火通红，话语在凉风中闪烁。

秋来，坠落的坠落

南归的南归，拥挤处

变得稀稀落落，法水村

湖畔笼罩的柳烟，已经不必提起

道路横生枝节，将我们引向他处

朋友说，回去即将面临一场狂风骤雨

我注视着天边，一再无言

在我身上你或许看见了秋天

# 忘却

坐下来，讨论记忆吧

蝉还在凉风中叫唤

吵醒清晨，阳光洒落街道

还记得一条路昨日的光景吗

有孩子踩着调皮脚步

小水洼泊着云影，春风抱着

满树嫩芽和鸟鸣。黄葛的叶子

渐渐地，铺满了一条街道

我再不想做冒险的事情，那时候

父亲已经病了，身体里堆满落叶

很多事物，走着走着就停止了

风吹过街道，温软，凉薄

逝去的渐渐清晰

阳光照临人世的深井

仅仅片刻，我又难过了一回

# 哀悼日

这一日。汽笛长鸣。
防空警报轰鸣。这些失重的声音
在大地上翻滚。

我在大雨中赶着去稠村
见李叔最后一面。他因脑溢血
死于前天夜里

在路上，我来不及做任何停顿
雨声喧哗，金鸡菊微微晃动
一些鸟雀，没完没了地叫着

——不知何时，店铺前的两排黄葛树
被连根挖走了，只留下一个个深坑
（一条路愈来愈空旷，寂寥）

但依然有人，不明所以走到了今日

依然有踟蹰于途者

他背着满身云雨，想要和我分享

# 雨霁，与友登峰山

没有什么阻拦我，除了道路

我不想拥有任何一种事物：

泛绿的溪涧、落花，或者一条荒径

藏在山旮旯里的人家

仙人石，或者一只湿漉漉的鸟

但我依然怀有小小的遗憾

亲爱的，我们相爱的时候

我们从未一起登过这座山

因此，我们从未在此

一起说出爱、渴望

更无法一起

穿过厌倦自己的厌倦之潮

像小寺的钟声一样

慵懒地坐在漫卷的云雾之中

# 看花

这并不让人诧异，樱花

每年都开在河边，我们每年都绕路

去河边看花。天气捉摸不定

我们各有悲欢。枝梢闪着粉色的光

偶尔，雨点如漩涡

这并不让人诧异

——大地上，每一朵掉落的花朵

都将化作默不作声的深渊

# 山中

满目是绿。是云雾、溪涧水声。

我们说话的声音融化在一条荒径。

"我们把余生荒废在这里吧。"

"山中岁月容易过,世上繁华已千年。"

当我继续向你讲述:"白素贞。"

你听成了:"白色主任。"

我说:"松果。"

——"哦,生火。"

我说:"人间……"

你应,——"成烟"。

我们走得很慢。鸟鸣偶尔

敲动着绿莹莹的空气。我辨认出兔子

在荒径出没的痕迹。地上铺满石头

蜡石,石灰石,页岩……

我怀抱其中的一颗。哦,亲爱的

我不曾失眠，但有些疼

——大地正从我们身上匆匆跑过。

# 悲欣录

这个清晨，让我慢慢向你

转述这一切：落叶沉入池塘。

老屋坍塌成废墟。一场雨边界模糊。

在某个夜里

我曾做过一个长生不死的梦

在人世走得太久，故土一寸寸变薄

感官的衰退

同样让我们遭受悲痛。

有时候我做着乐观的小事情

树叶在头顶哗哗作响——

其中一片叶子走着走着，突然掉头

让人唏嘘，分不清生死

# 橙园短歌

雨点纷扬

小山岗橙花白灿灿的

冲你眨眼

谁此刻想到黄澄澄的果

想到从白到黄的这些日子

想到无心飞远的鸟雀


或者也想到风，呼吸

一场暴雨，我们手中紧握的

它短命的花枝


而它等候着，对那些

轻声细语的事物报以沉寂

并且神秘地

被笨重的房屋掩藏

直到它完全处于背景之中

而它继续等候着——


它正平静地穿过大自然和丛丛灌木

# 入林

很遗憾，我手头没有你的心爱之物

从松林走出来，我两手空空

很少说悦耳的话语

采山栀果、黄荆的根茎；有时

像小兽穿行。香茅的

气息让人迷醉。松针轻盈

在落脚，走路。难言鸟群的又一次

演说，寻觅。一座林子

神奇而圆满。落日的暗语

有炊烟在应答……我至今记得

滴血的刺丛，没落的秋日

栖居在树荫下，星子幽灵般

穿透我的心，老乌桕默默无言

眼前那只受伤的黑鸟，我至今依然视作

与垂死者的一次相逢

而幽暗的日子，紧紧跟随……

# 码头变奏曲

榕树下有人吹葫芦丝

声音久久地漂浮着。一回头

磨角上码头已经铺满落叶

有些事物我们还记得，譬如

朝露、散发紫光的藿香蓟、浣衣女

又想起穿襦裙、褙子的人们

流动的客家话和早已作古的往事

造船者越来越少……

"进入坐满记忆的绿荫，记忆

用目光跟随我"①

亭子空荡荡的。几株苎麻被掐断

裸露着新鲜的伤口

——我们各自冥想，爱着

在流水的舟上

消逝，不可遏止……

---

① 引自特朗斯特罗姆诗句。

第二辑

唯有泪水每一次都是新的

# 立夏

噢。春风的爪子有没有在你脸上
留下抓痕。你看那高天上的太阳
灼热地回转
今日。请取回我的白衬衫
旧单车骑得飞快，像哒哒的马蹄
请取走我身体上所有的热
我将重重叠叠地做梦
如果你开始计数那些细小的虫尸
请记住昨夜窗台上，那无声的降落仪式
它让周围的事物，又一次经受荒凉

# 险境

露珠洪水般从天而降

一条蚯蚓从地里钻出，巨蟒一样蠕动

一枚石头，就是陡崖……

——这些忽然成为现实

在一场梦中，我变得比蚂蚁还小

我在院中的草丛里，噢

在那样的原始密林里，来回奔跑

螳螂有利刃，蝴蝶扇起风暴

……


——对人间的一切险境，我不再一无所知

# 我们共有的哀伤

这么多年，我们互不说爱

争执，或者冷战

偶尔也恶语相加。很难说

我们曾经畅想的晚年会不会来

你偶然说起五谷不登的某年

说起人世之苦，陷入沉默

而我正对着午餐沾满鱼屑的炒锅发呆

我们居于一室，有乏味的爱和远行

也曾试图拉近枕头之间的悬崖

但我们，无法走得更远

即便我们相爱

在这世上，我们寡淡地生活着

对任何事物的变迁持有警惕

我们终将有一致的去处——

"闭上眼睛，放弃观看

放弃一切，包括审判。"[①]

---

① 引自陈先发诗句。

# 午后

闷热。断续的鸟鸣填充着

这个午后，忽然一阵凉风吹来

我听见叶子们颤动的声音


在石椅上坐了那么久

我始终没能叫醒，苎麻叶上

那只沉睡的虫子


如果我坐得更久一些

我将不需要语言，也不会再听见

鹧鸪声、人走动的声音


人世草多塞路

脚边的一枚石头，开始松动

——仿佛有了一丝善念

## 妥协之诗

我们还需默认和江水的某种关系
或许像一艘木船，是浮桥的一部分
水迂缓，就安静下来
暗涌凶猛，乃江湖

当我们坐在干枯的河床上
——千帆过尽……

唯有那些石头，至今
还背负着僵死的，一触即碎的水草

# 村夜帖

只有三两粒星子反复擦拭夜空
流水的马蹄声经久不绝
群山的轮廓，模糊而森然

你赤着脚走过田野
紫云英多么细软。水的凉意
让人愈加无措——

回忆来了，这样近，我看到它
比植物更为清晰的脉络
我将重回家中
看火盆通红、闪烁，看生锈的柴刀

我依然有着最简单的幸福
二月。"万物逐渐繁盛起来
把我涵没。"①

———————————
① 引自里尔克诗句。

# 蚁穴

天气好时，你一定见过它们

一次意外的踩踏，它们倾巢而出

这么说来，它们也曾见过

某处的斑斓风光。而其他时辰

它们在地底下默默地

经受着黑暗和人间的雨水

如果俯下身来，我们甚至还能听见

它们逃窜、尖叫的声音……

直到有一日，它们死于穴中


——直到我们某一刻，对死亡变得寡淡

人生没有什么不是爬行和消失的事情

# 长夜

今夜，你或许说了些什么
或许，我曾对你说起爱。——唉
我枯对这赣江之水
这滚烫的星子。江畔热闹，又宁寂
城砖已有衰老之态……

哦，亲爱的
我们所听见的所看到的
是否还在
我们是否得到过自己想要的
在这人世的殊途

而一片柳絮，正从风的脱粒机中
轻轻飞离

# 高处

从高处来看

楼群矮了下去，小树墩一般

泥水匠在楼道工作

妇人在楼顶浇花、摘葱

一定还有人，在屋子里醒着、爱着


这和看一株泡桐

看楼群的夹缝中的一株泡桐

并没有什么分别。它落它的花

或者与一只蜜蜂握手


午后，我清楚地看到

一株长在楼缝间的树

一些处在夹缝间的楼群


——人间万物，自持而完整

# 想起一棵树

夏天来了

我们走过的峰山大道

已不再有一地浓荫


或许你和我一样，还没有习惯

临街的两排大叶榕

被挖走后，一路的深坑和清冷


想起一棵树的下落

在这闷热的午后

也想到即将到来的蝉

将失去休憩之所

而一条街脱胎于另一条街

新景象，也被故人走旧了似的


——这人世的分娩

其实和离逝一样令人心惊

# 梦幻曲

## 1

我们从四面八方赶来

从资溪的一亩稻田出发

坦诚地说，一提起

童年水田里的蚂蟥

我们依然心有余悸

这么多年过去

把腰身重新弯下去

多么不容易。你说

水田的镜面让你想起温暖的身影

你说，以退为进，每一株秧苗

都会长成我们的模样

亲爱的，多好

土地永不辜负。你一定还记得

浙源的油菜花早早地开好了

蜂群秘密地熟知

尘世的甜蜜。那样的小村落

宁静，溪流泛绿的小村落

绿树点染白墙的小村落

在现实中，在梦中酿造

2

哦，亲爱的

这个夏天曾令人多么愉快

让我们和自己的名字

和自己的身份疏远

从早到晚，我们眼前那么多的林荫路

阳光在湖面切割出那么多的宝钻

我们在暮色中绕湖漫步，回到大厅

开始夜谈，仿佛重回年轻

听完一位文青的成长史后

我们更明白道路是如何难以行走

我们的孤独和前行价值几何

难道滴水不能汇聚成川

星火无法燎原？哦，不！

当你多年以后，始终无法

从一座桥上飘荡的歌声中走出

酩酊地向我说起年轻

亲爱的你或许已经退在一旁

微微地笑着，看众人添柴

夜里火光四溅，道路敞亮

那么，请允许我再次向你诉说：

有一种青春，叫那年我们一起在共青

## 3

哦，亲爱的

离别是虚幻的——我们很快

就要在一起。所有禁忌的事物

都会消失不见。我们的稻田

已率先抵达秋天。我们俯下身来

和泥土对话，镰刀迎向稻穗

迎向往事。昔日忙碌的腰身

突然开始战栗，是什么魔力

让我们赶赴一场千里外的收割

当打谷声飞驰，颗粒都归仓了

我们坐在田埂上，像一株眩晕的小草

夜里，我们围坐在稻田

我们的上空群星如雪

我们身旁的流水，有着朴素的笛音

那个幸福的孩子，恰逢生日

那夜，亲人围拢篝火，祝福持续发酵

我们仿佛被生活遗忘一般——

亲爱的，当篝火只剩灰烬

更深夜永，万籁都浑然一梦

还有什么比这更彻底的静

还有什么更值得我们，倾尽所有

## 4

此刻，让我告诉你吧

我们期待的冬天，已经来临

馨香的梅朵，从遥远的唐朝开过来

丝毫不费力气。我们一起

走过古驿道。一切都变旧了

纷扬的雪粒，老枫香树上站着昏鸟

老妇人在涧边伐竹取水

我们就要重新出发，你说

我们也将作为美好，被反复回忆

不必再缅想，曾经走过的失意之人

这样的冬夜，这样的小年夜

竹林里烛火闪烁，晚风轻拂

晚宴就要开始了——

从各个地方带来的特色美食

从谷种走向餐桌的原浆酒

从夜色中孕育而来的温情

从陌生走到至亲般的你我

哦，还有陌生人，我们一起过个年吧

我们终将忘却诸多的不如意

端起酒盏，互祝幸福

并以一株水稻的身份，一一致谢

那些我们始终无法抹去的

黑夜和白昼

虫噬和阳光，以及每一个

"光可以唤醒，暗不能窒息"的我们

# 春祷

新辟的菜园遍植菜蔬

有你所爱的藠头、芥菜、萝卜

鼠曲草开出黄花。枯黄的稻茬旁

伸出绿莹莹的手指

一些荒废的水田，成了水塘

放鸭养鱼。大旱之年

也养我空空的脚步。坝上长满茅草

经久的鸟啼从河岸传来

一条村路，从山脚下延伸

偶尔传来汽笛。枯死的老柏树

在大地的故居上，徒劳地沉默

在你跟前，清风藤自在地生长

香气令人迷醉。

有人还渴念着，家乡的山泉

有人还在谈论这场苦疫

蝗灾、人心。哦，还有——

你未曾谋面的曾孙，已高过你的坟头

一只惊飞的山雀，叫声里

仿佛有着万事落空的惊惧

# 草木欢歌

相比毒蛇，鬼针草显得仁慈

二月里，你一触到它

它富有黏性的脚，就紧紧缠住你

我们采摘鼠曲草，也采草药

小孩子在绿黄掺杂的田野奔跑

摔倒，满脸泥浆……

他们不懂得，葛藤里有葛虫酣眠

不认识箸竹，吐蕊的山苍树

溪流的笛音被它自己反复洗过

如果说呆滞，它不一定

非得是冬笋。我知道一棵柚子树

老死在水岸边。大江坑在此处

也在彼处，生活大抵如此

收获果蔬、日子，也栽培苦瓜、刺丛

如果说温暖，就说那洁白的棉朵

终有一日，它盖着我和爱人的胴体

风吹草木响，土尘渐渐落下

我有一场好梦，像草木获得照耀

# 给你

——在梅岭

我们向着一片坡地走去。

漫山的红梅——大地上的短笛

颓黄的结缕草，稀释着酩酊的足音


我们俯身走过梅丛

你一笑，枝头的花就更亮了


你们看山，看春风攀升

我远远地坐着

有时看梅，有时看你……

# 立春补记

我在田里摘鼠曲草

空气的舒适让人忘记了

自己身处何年，何地。

这里，和那里没有任何分别

遍布鼠曲草，内心柔软的那一株

已经开出金黄的花蕊

虫鸣鸟鸣继续着交谈。我知道

已故之人长眠山岗

那些疾病之痛、人世之苦

被厚土、草根稀释尽

她们在田埂上，谈起我

嗜酒的大伯，某个强势女人

我们在崭新的光景中走来走去

指尖沾满草香，而非人世之苦

我们连根拔除其中的一株

带出些许泥土，一小摊水冒出来

咕嘟一声。很难说，这是不是

大地的抗议，鬼针草

揪住我们裤腿。一条河流

悄悄拐过内心的波澜

大地陈旧，"唯有泪水每一次都是新的"。

# 攀爬者

一次爬楼梯，并没有引起格外关注

生活减速、停滞，或者像

汽车一样抛锚。坐在15楼窗口

绿萝摇动，一枚钥匙在角落

守着内心的锈迹。凉风如水

扑向我的脚踝。我羞于承认自己

孤悬半空，没有同行者

我听见无数次的轰鸣。抬眼望去

柿子树和秋风耦合，光在晴空造影

有人攀爬，手欲摘星辰

有人如落叶飘忽

两种力量，都不是我能遏制的……

# 旧物帖

阳台的一株龙葵被拔除后，我曾有

一丝恍惚。那是我

许多个日夜，亲手栽种的荆棘

屋子里空荡荡的，血迹凝固在凳子上

记事本在床底下，学会了遗忘

再没有什么，值得风扇摇头

送出清凉，窗外

蝉已经习惯老调重弹

灯一熄，夜色就灌满了屋子

一张嘎吱作响的床，仿佛

飘向黎明的舢板，一闭眼

我忘了自己，身在何处

但你能听见，这内心的声音

汹涌极了。"生命的水涡里

我愿意偶尔这样，迷失方向。"

# 废园

其实是阳台，不足两平方米的地方

一株龙葵从水泥缝隙里

挤出来，它没有我想象中的

气喘吁吁，阳光不停地倾泻

接下来的日子，我看着它的触角

越伸越远，像要把我

拽进它那小小的阴影中

我无法制止起哄的灰尘

一点点覆盖旧物，我甚至

已经忘记，曾在此生火做饭

读诗，往围墙外张望。我容忍

它寂静的生长。直到秋日

它完全侵占我的阳台，并结出黑果

往前走，还能怎么样

许许多多的事情

不久前还像稻浪般翻涌

现在已无声无息，安安静静

# 危险

走在和故乡有关的街道上

意杨树下的凉荫，契合内心的沉默

几只麻雀飞到公路上，跳动

私语几声，又被轰隆隆的车鸣惊飞

在危险的领域，它们追逐嬉戏

就像鲜衣怒马的少年，向道路

索要远方，曾经火中取栗

这世界，秋风缓缓吹拂

偶尔凉薄，凝滞，车辙和人影

陷入空蒙。那时我们还不明白

道路若悬崖。用镜头理解

磅礴的幻境，忠于美德

忠于噩梦里的痉挛。来来回回的路上

唯有鸟与风

漠漠轻云向山中小寺飘去

几声鸟啼，如同我们漂浮的记忆

# 湖堤独步

脚步声有多静，类似堤上的柳树

轻摇它的指针。湖水的镜面

被柳絮反复修饰，阳光撒下钻石

会有一艘渔船被水缠住

会有几只白鹭，啄食着云朵

如果我们就此离去

什么也不记起，潮水缓缓

漫上来，一些昆虫、花朵被带走

一些事物无声涌上来

我听见它们的疑惑，恍惚

摇摇同样易折的肉身，不说话

天一下子就黑了，一阵大风吹过

带走，这充满隐喻的瞬间

# 坟

谁在身死之前已走进这里

谁真正放下了那些尚在世上的亲人


在这寂静的山谷

在你跟前——

带露的花朵们正在开放，但不被祝福

枯叶在脚边腐烂，但不被悼念


一朵云踩在崖边，正途径你的万念俱灰

# 最后的片段

—— 给失明一生的奶奶

1988年。他78岁，开始咯血。

他叫她过来听他说几句话。

"我要走了。你要——

一个人摸索了……"

那一年，52岁的她，

独居在黑色的夯土房里，

独自到后山砍柴。

她不知道，晚霞烧红了天空。

她不知道，坐在老屋门口的他，

从来没有那样爱过夕阳。

# 暴雨

风反复把自己摔碎在几株细弱的苦楝上
在寂寥无人的旷野，它们剧烈地摇动着
其中的一株，树顶被摧折，不再动弹
仿佛有断头之痛。那流水边的蚁穴
是否已经饱尝溺水之苦。——

"我心怀忧戚，我是带来暴雨的那个人。"
"我的体内常有密集的乌云，
它们藏着闪电的刀子……"

若你偶然行经此地，置身于滂沱大雨中
一只黑蝴蝶停在金菊上
羽翼闪烁，——它已先于我们
学会用羽翼之轻托举雨水之重……

# 棕色围墙

在草绿色窗帘的边隙向外望去
一堵棕色围墙收住了我的视线

几只山雀在枝叶间追逐
伸过墙来的构树，几片黄叶
仿佛随时要栽倒
那一截粗壮、挺拔的树干，——
那是一棵怎样的树？我何时能
观其全貌

滚烫的蝉鸣，是否已经知晓
夏日将尽的命运。是否有人坐在树下
神色像酣睡的婴儿
他是否也在朝我这边张望

我们互不相见

对这毫无新意的景致的凝视和想象

仿佛消解了

我们一生的遗憾和痛楚

# 野蔷薇

我已和这湖堤的寂静结伴

在落满阳光的马甲子树下

做起美梦


两只大白鹅在草甸漫步

歌声从湖的对岸传来

已变得含混不清


在这个气清如水的早晨

我没有听到任何人离开

和死去的消息


——是什么让我们措手不及

心口被惊慌封闭

还不能放声悲泣


我的视线又一次

落在了身旁空置的座位

是谁缺席了这样的时刻


带来巨大的寂静

七月的风，轻摇着野蔷薇

——空旷正在枝头泛滥

# 寂静

许多人许多植物，我都不认识

但我记得它们的样子，他们笑

或哭。在大江坑，我总能找到它们

有时候他们坐在我身旁，有一切

不曾发生的平静。他们敲敲

肋间的铁，而喉咙失声由来已久……

当我向你转述，那爬满蔷薇

和胡蜂的房子。那陌生的山冈

多出许多我不认识的植物

它们摇晃，作弄出深绿色的声响

# 静物

两只白鹅立在水边，像两团雪
公鸭追逐着母鸭
从湖堤一直冲向湖心

往日我们在湖中泛舟
孩子的笑声，像涟漪一样迷人
我的目光再一次落在周围
那有如凝固般，兀自绿着的草木
我们的叫喊声，使小镇的喷泉
停在半空。在那柳絮翻飞的堤上
朋友的步履，总是比温存话语
更令人安详

现如今，我孤身一人坐在构树下
我凝视着湖面，溽暑的湖——
蔚蓝的大渊正在那里铺张

# 午后

湖堤上空无一人
麻雀匆促地开始嬉戏

我独坐在临水的树荫里
蝉的聒噪仿佛一场巨大的危机

我几次出神地望着湖面
触摸榕树的根须
如同触摸一根沉默的琴弦

我手边的一本诗集
恰好盖住一只毛毛虫的尸体
这古老的仪式无声地进行着

那些我们不能宣之于口的
在诗页翻动时，进入我们的视线

那纸上忧郁的血迹，仿佛在提醒

它确曾和我们同处一个人间

# 田野之空

起初人们在此种稻，后来耕者远去无音讯

后来不知谁在此撒下花种

在通往山顶的路上

人们总会在这里停下来，默默凝视

春日，一大片明亮的格桑花

蜜蜂四处嗡吟，青苔啃食着

田埂上湿漉漉的石头

乏味的夏日，我几次经过

这条被落花和浓荫点缀的山路

我在路边发呆，搓捻着一片树叶

一朵花开到绝路，另一朵花接着开

当寂静的田畴野草萋萋

空旷，荒凉。一只初来乍到的灰雀

在草丛中扑扑翅膀起飞了

轻松、自在，它不理会事物的悲伤

并对埋首人间的人们

熟视无睹，——但只有它飞掠长空

像提灯者进入黑暗

每一步都是新的

# 紫叶李

我们走路

——它的脉管里春水哗哗

阳光纺织着巨大的布匹


我们被往事吹拂，被风推着走

——它不禁颤抖

把所有昨日和明天，都攥在风中


当你开口说话

——哦，谁的虎啸之唇，寂静如斯

我们老去。——它撒落所有霜雪


我们就要回来了

——土壤，你身旁的小路

哦，青草缓缓地降生。哦，醒觉……

# 在盐官码头

一些不知名的白花，开在城墙边

绿叶上伏着一只土黄色的螳螂

捕蝉之事没有发生


一只水鸟，构成迅疾的漩涡

坐在大榕树下，我们的眼神

跟随某株植物一同颤抖


我想到的是，落叶

覆盖的蚂蚁，那不可知的命运

江水日渐丰盈


我想到的是，去年的我们

行走在枯涸的河床上，搬运沙粒

有人注视着一幅鱼骨

我们在河流巨大的肋骨上叫喊

但是，我们——

不曾听到任何回应……

而身后群山奔腾

# 漳州行旅图

明天就去南靖了，那里

没有沙滩，没有咸涩的海风

宽阔的红薯地


后天，我们将去往下一站

那座古老的土楼

无法留下一个我


亲爱的，请别沮丧地

环顾四周，惊扰正在开花的马鞍藤

和打洞的螃蟹


大海会慢慢地上岸——

清风拂过山岗

唯一一枚落日，仿佛人间的旧词

# 傍晚

此刻，我蹲下
想抱住窗台上这一小片
阳光。并告诉它：

我不缺乏喧嚣
我缺乏的是，枯树般的
沉思和寂静

我假想，一只蚂蚁路过
在一小片过滤后的阳光下
恍惚，无言

它伸伸前足，记下此刻
窗外一枚夕阳，日日抛送——
万物的遗照

# 5月12日

我几乎忘了，当夜的篷帐

缓缓拉上。灯火在江中站起身来

时间已大约是七点半

我独自一人在江边晃来晃去

凉风拂过，——我竟颤抖起来

我们都想起汶川大地震

想到还在肆虐的疫情

当我回想起一些人坚毅的面容

我无法再忍住声音

——爱的出现反复证实了破碎的存在

而悲痛，让人世看起来

越来越像一件

无法浆洗干净的旧衣服

# 断章

我爱落花簌簌

我爱咀嚼诗带来的大片空白

我爱旧瓷碗，苦咖啡和荆丛

有时，我爱你胜过自己

后来，我爱着曾经厌烦的事物——

粘在地上的饭粒

半途抛锚的汽车，生锈的泪水

乏味的如同去井里取水的性爱

无以言表的孤独

和虚无。

# 白蝴蝶之诗

清晨的太阳总是先你醒来，在高天上
像一盏灯笼，喁喁诉说

我们走在山风吹拂的小径上
偶尔有车辆匆匆跑过
我乐意倾听昆虫率性的小曲
看一只麻雀，在苦楝树细碎的叶上
跳来跳去。事物
都有着死亡般的迷静

我恍惚又战栗，看着一只白蝴蝶
它停在一颗黄蜡石上
受伤的它已经放弃喘息和飞翔
风偶尔吹动它的翅膀

我们体味这克制的寂静

在这个清晨，一只白蝴蝶正缓缓地

将自己嵌进石头

# 失忆

哦，亲爱的

我在拥挤的街道度此清晨

用左手握紧右手，两眼迷离

不以愁叹

惊动三角梅空空的枝条

我在街上踱来踱去

无心于早饭。这些年我

越加寡言，对几株草药妥协

在人群中平静安稳

那为世事操劳的人，在通行的秩序中

分毫不能将我侵扰

此刻，在榕树的浓荫下

我的双眸畅饮着蔚蓝的天色

我们各自生活，不再联系

偶尔回忆起往昔爱恨，它们予人安慰

一如眼前晨风，不住地吹拂

# 过八境公园

亭子空了下来

雨后的道路湿漉漉的

我们可以挽着手继续走下去


我们会再次

从那株苍老的木棉下走过

假如你和从前一样

问我身旁草木的名字

我已经能准确无误地回答

那刻有铭文的城砖

我已知晓它含有多少痛苦


哦，亲爱的，如果你回来

你将看见平静的湖面上

悠游的野鸭仿佛型号最小的船只

湖心榕树的影子依旧映在湖面

一如时光永远停留在

你馈赠的时钟之上

# 一棵树

我抬头凝望

一棵树的轮廓依然清晰

并且歧义丛生


啊，绿波粼粼，阳光

被蝉噪切割的空气

都是你庸常生活的一部分


正如一片叶子，是其他叶子

无法企及的一部分


正如我们，悬在生活的枝梢——

在最近的地方，成为彼此的天涯

# 夜归

对于一个从深夜归来的人

他不是从一座城市回到另一座城市

他是从城外，——从山顶回到人间

起初，仿佛有股什么力量

驱使着他向崆峒山走去

他在幽幽小径上

凝视着如星群般宁寂的万家灯火

不知名的鸟儿在灌木丛中

啼声幽怨。水杉沙沙作响

人间的事物一如身后的枯叶

稍不留意就被大风吹远

当夜幕下，一个在山巅看风景的人

回到街灯下，回到街道的滚烫

向来是山顶有山顶的秩序和风声

人间有人间的说辞

神或许心生垂怜，在浩渺的星群中间

我是会悲伤的唯一一颗

# 失眠

在古城墙上，在一株合欢花下

灯笼亮着，我们读诗的声音也亮着

比起坏天气，蔚蓝如镜的夜空

显得温情，它牵来几粒萤火

比起人群，蝉显得更为亢奋

它打开金属的喉咙歌唱

扑簌簌地落在我的肩头

像一只手的触摸，嘘——

我不再说话


总有一些寂静，我们无法倾听

总有一处人潮，我们无法穿越

# 清晨笔记

一条幽僻小径和往常一样

伸向小镇。鸟鸣栖在松枝上

妇人手捭菜篮。或许有一辆汽车

以分外隐蔽的心思

开出弯弯曲曲的街外

而我坐在花园中，睡意昏沉

我无心照料那些花木

也不打算好好筹划新的一日

我落落寡合地忍受

她的叽叽喳喳，如挨鞭子

面孔瘦长的老汉正对着他的孙女

炮制腻味的警句——

"我们被锁在这世界的小盒子里。"

这时，一只长尾雀落在松枝上

初来乍到的它，不被卷入争论

也无法对它施以爱抚

在这个清晨，它像松林般舒展开来

越发深入，越发敞开

# 劈柴

我坐在柚树下劈柴

一些山苍树、栲树和木荷

它们干枯，一再无声

和一只麻雀，形成巨大反差

事物以及真实，被一再询问

我继续干活，有时手被震痛

就歇上一会儿

一个人坐在草木的香气之中

坐在无数伤口上，木屑飞溅

而劈柴的声音，一声两声三声

又回到羊子山，像一个人回到故土

当我将目光移向附近的山岭

人间事，已经被风吹远

满山的草木呵——

一半成为烟火

一半指认苍茫

# 午后素描

小山坡坐在灰色的天空下

汽车轰隆隆地在开阔路上疾驰

意杨树允许燕子剪下它几片叶子

说客家方言的妇女

在三轮车上昏昏欲睡

空气中的浮尘，还没来得及歇脚

就被卷走。一条幽径上

鸟鸣敲打着……

它通往何处没有人去深究

我停在路口，不知该怎样向你说起生活

细想来，我没有想要去的地方

也没有痛苦要你一起分担

那道路上的石头，如果心生反叛

如果那闪烁的人群，一再

提醒我虚度……

——一个不需要开花结果的人

在命运和时间比邻而居的路上

依然心安于某一刻的茫然和忐忑

# 山中

虫子们多么耐心

叽叽喳喳，将议论从清早持续到午后


我循着山路而来

不再提那露水般的往事

那些金黄的洁白的花朵向身后快速跑去

很久我才想起它们的名字


这不是说，我有了归隐之心

这个上午，我听到一次飞机的轰鸣

有过将自己裸露于山间的想法

我抽完一包烟，留下一地烟头

仿佛留住了许多个我


在自己制造的烟雾中

我越来越深入，仿佛置身于

缥缈的云海，以此迷惑命运的回声

# 过信江遇雨，寄北

今夜，我独自一人过夜

还是这样的窗子。夜风呜咽作响

人们还未睡下


或许还在喝酒

或许干巴巴地坐着

朋友，每间屋子都有这样的窗子


一个人的眼眶为雨水濡染

苦役般的灾难和灾难交汇在春天

火车连续拉出长鸣


雨声如铁，涌向

这千疮百孔的人间

祈祷吧，朋友

为那夜雨中

失眠已久的窗子

为那积木般松动的楼群

# 隐者

一棵老乌桕在水边倾下浓荫

湖水静静地含着

不论多少枯枝和水草


我孤身一人

走在峰山小径上，我要去那

落满松针的北坡坐一会儿


看万物如何随着雾散

渐渐明晰，然后拾一兜松果回家

和它一样呆头呆脑


山脚下，蟋蟀倚着小屋喧唱

那棵巨大的栲树边，泉水甘甜

篱边有新种的菊

我身后的黄狗，闭目凝神

天空又蓝又亮，坐在松树下

我听见簌簌飞远的长尾雉像一些人声响渐无

# 与己书

经过梅芳小院时，恰好看见门后边

有人正用牙齿咬啤酒瓶盖，他背对我

声音激动，悲伤的轮廓有一种熟悉感

"是他。"我暗道。我停下脚步

又往后退，假装只是偶然经过

那样的夜色中，明月独坐在高空

街巷在路灯的探照下，像发黄的旧照

我已准备好问询和话语的温度

甚至已打开倾诉的阀门，我将对这样一个陌生人

初次使用命运一词。但在我后退的刹那

一种失落感突然降临。——

何必想着和故我翻旧账，谈虚无

从来都是这样，我们默认彼此的存在

笨拙地揳入世界，有着长时间难以言说的

凝重和愧疚。

# 春夜漫笔

在一个百无聊赖的春夜

雨水的变奏曲还没有停下

蒲葵在院子里摇晃

接雨的木桶泛起一层灰色

我失落的老屋在高处

一条小路从山坡上奔下来

油菜花少不更事，扑面来风

令人更加恍惚。当鸟儿啄破大雾

我们的春耕才刚刚开始

而水田的镜面，向我们一再投掷

悲伤的面影，和模糊的往事

这个春天，有人困在异乡

有人眼神如冰块，眉宇被厄运笼罩

哦，朋友，你此刻是否也听到

青草在我们头顶——喧闹

或早或晚都是这样

一条道路被拖曳，成为另一条道路……

# 邻居的卡农

还有足够的时间坐着，在阳台上

和湿漉漉的衣服，一起摇晃

阳光填满我们说话的空隙

倦了，蜷在吊椅上

散落地上的玩具，有一部分

——已经不愿意再玩

他的英语书，停在印有袜子的那一页

夏日从海边带回来的蜜薯

在季节的门外抽出嫩芽

几盆绿萝无精打采

那双旧解放鞋的主人，在大江坑

我又开始回想那田埂

柴刀和幽蓝的童年

我从那个偏僻之地而来

把窗外静静的街市视作空旷的田亩

这时隔壁传来卡农的琴声

一条秘径被旋开——

有些事物，我们一旦懂得

就不再说，譬如光阴，爱……

# 而身后群山奔腾

从金色的树冠里，

鸟雀以明亮的面目拍翅飞出。

少年独自走过黄灿灿的山岗。

秋天和枯草的气息，

凉彻我们的额头。

挖土机的轰鸣在荒地上回旋。

有人肩扛手提，从遥远的地方归来。

松果惊悸地掉落在旧坟前，

而阳光。也许过于盛大、热烈。

哦，不——

这悲哀的相逢，如同溺水一般。

无声地漫过低地，漫过被遗忘的生活，

山径痛苦地回环。


——一只鸟一旦飞出，就绝不回返

而身后群山奔腾……

# 在南康家居小镇

我曾设想过人们在此生活

围屋里临窗的白发老人，眼神

静谧。三月的湖堤上

幸免于难的人们

在光秃秃的水杉下走来走去

柳絮扑打面颊。鸟鸣钻入怀中

几只千足虫爬过，引来孩子们的尖叫

在幽暗的北欧小院，教堂压进大地

风车旋转。灯盏摇曳

他们依然热衷咖啡、金枪鱼

和戏剧。能够结束

渴望的擦亮的刀，在架子上闪光

也许忘记了战栗、骗局

和生存的原罪。这个午后

草地是一片浓郁的彩色

一个孩子在朴树的阴影里坐着

而我因享受了石头的善念和照耀

不会再有死亡

# 一尾孤独的鱼

有时我装作超然的样子
睡在冰块上面。此刻不是，但我不能说
之前我是灵动的，像水
此刻和冰块一样，但我不能说

这午后的光阴，你如水的目光
发出幸福的光芒
你带来了岸边辣蓼，酸筒杆的香气
和令人几乎喜极而泣的静谧

售卖员发出的颤音多么可笑
我不能说，我必须避开一些词语
当你神经质般盯着我十几分钟
我不能说你在人群之外

在那片孤独的水域游弋的是我

曾见过大举入侵的电流

和流离的水草。接纳着单调的日子

像拨弄一只俄罗斯兽角乐器

让它发出铿锵之音


我闭口结舌，盯着它

转身疾走

像多有冒犯之人，又暗自庆幸

# 腐鱼

狭窄的入江口，汇入菜叶
洗衣的浮沫
和往岁绝无二致的风景

风吹枯草，又吹动苦楝树的缄默
鸟雀漫不经心地鸣叫
码头上人来人去，神情默然

一条鱼被江水喂养，又被它拖走
在这被遗忘的入江口
一副鱼皮，像藻荇般在水中摇

一个人亲历事物消逝的过程
又随着道路远去——

而我看见光线在穿梭，江水在动
万物终有余音……

# 小布夜话

在一片空阔之地，燃起篝火

夜色从我们身后更宽阔的地方

围拢过来。大家开始漫谈

当年的糗事。我听见

火仿佛在笑。而我搜肠刮肚

当一个人向体内输出检索字符

竟一片空白。其实这么多年

时间的巨石渐渐埋于胸腔

令人哑口。就像今夜薄凉

虫鸣在周围发出锯木一般的声音

夜色让人深感天空地阔

坐在两株松树下

火焰热烈，松香让人迷醉

我迟迟不愿开口

那些细密的松针在我们的头顶

已经长成无心的刺

# 在观澜门

我又见到那些黑色的石头

我们曾经拥抱的位置长满了辣蓼

江面上的细浪闪着光，仿佛我

失眠多梦的这几年

我一人走在空旷的江边

拂面的风让我忘了太阳的灼烫

我清楚地知晓，那枯红的松树边

有一座亭子，那栋建筑后

有一座破败的古塔，我们从大坝走过

爬到山顶，看到橘子青青

然后约定秋天来摘，——这已是我们

无法一起完成的事了。我经常想

事物荒废下去并不是一件坏事

它尚且保留我们记忆中的面目

我们的一生，都依赖

这些具体而又带着点荒凉的事物

这些值得咀嚼的事物

譬如：少年的爱，往后是——

如沉睡的火山般的中年

和流水般的赴死之心

# 女孩和柚子

一株柚子树站在雨中
一个眼神干净的女孩站在柚树下

这一刻，庸常的背景有着
难以言说的空旷和清冷
山峦田野之绿，仿佛斑斑青苔之一种

八月，安静的柚子树下
站着一枚安静的绿柚子

# 和故乡无关

蝉的叫声充满凉意

老妇人提着篓子在田埂上走

坐在老屋门槛上，我久久地凝视着

鸡舍边：一株潮湿，开紫色小花的黄荆

它对我再无秘密可言

只有过多的思虑让我心生疲倦

柴垛静静地散发草木的气息

几朵牵牛花爬上去，在那样的高处

采撷到清晨的凉风

我听见鸭群在芭蕉丛中叫唤

几只母鸡在茂密的金橘树下

那昔日的田畈有着迷人的绿

那山谷里的薄雾，窸窣的雨

朴素而克制。许多年了

我愈是察见这大地之美，心便愈加孤独

# 青苔

厨房前破损的水泥地，长出一大片

地锦草。篱笆边上

南瓜藤和葛藤，像失散多年的至亲

缠绕在一起。水岸边的柚子树

年年挂果，无人采

最终又在枝头融尽，——我似乎

过早闻到荒废的气息。午后

父亲在院里洗菜

我在山岩上采地苁，儿子望着

我手中的果子激动不已

那时，光线柔柔地照着老水井

我几次忽略了，——我正站在

人迹不再的老屋旁。那里漆黑阴凉

不见阳光，与想象中的葬礼相仿

我几次忘了那发黑的木门

地面的青苔，那让人无以忍受的锈迹

# 醒

半夜渴醒，躺在地板上
即使警觉感下降，但我清楚
我依然没能放下太多的身外之物
依然溺于红尘

在不必接受任何目光的
庸常街道，残存着我已被确认的
茫然和痛楚。那夜色中
越发幽暗的人间，构成我的悲哀

我深知灵魂碎在地上的感觉
遂练习匍匐，状若蝼蚁
一醒来，看见天空高悬的圆月
愧疚而清凉

# 杯中窥人

我低估了一只杯子的空

空旷的空，就像随行的孤独

过了几分钟，我低估了

头顶那枚酩酊的月。我低估了

杯子里的秩序，在沸水中的瑟缩

忐忑和重新生长的可能

又像我们的一生，一切似乎刚刚好

无法删除，也无法添入

我手执空杯，在街边陷入思索

低估了万物相忘，一如电影散场

# 两个人

词语有罪，事物一经描述就发生偏离

正如午后，她坐在楼顶的花架下

柔和的眼睛把一种安静

带给整个事物。她成为人们羡慕的一部分

而另一部分与她无关。其实

事情很简单，房间是宁静的

他们就在里面。窗子洒满阳光

书页翻动，轻轻地翻动，也惊扰我

我深感词语的粗暴，在睡前

我和事物一样，将日子与自身分离

在一种神性的，为人所不知的自由中

但它一次次找到我，我原本不知道

它将另一个我从身体中撕裂出去

——从此，两个紧挨的人

一个像火柴，另一个像引信

# 寓言

正午的太阳挟带着清晨的露水，缓缓移动

石头里住着想要穿透她的雨滴

草树的伤口上亮着新芽

人们反复和自己握手，讲和


事物来回穿梭。就像我曾梦见

我出现在自己的葬礼

而幸存者的酒杯盛满芬芳

# 伤

我坐在花园的长椅上

怀抱婴儿的茹风从身边走过

一张干净的脸，栖满蝴蝶

忽然想到，花朵落下

不知道自己心怀呜咽

想到这话的时候

我问自己坐在这里的意义

哦，我来确认脚踝上刺目的伤口

为谁所伤，但事实上

我们就是一道经年未愈的伤口

# 夏夜饮茶记

这是雨后，夜空幽蓝而神秘。

星子似乎更透亮了。

风吹动着窗台上的铁海棠。

我们按下开关，

就在头顶虚拟出一枚月亮。


茶静静吐着热气，但我不便多饮。

我闭目倚着墙，像个渴睡的孩子。

说起过去，我们

有着老牛喝水般的沉默

你说："最好的时光凝重如流水。"


今夜，一列火车从旷野划过

像事物划过我酸楚不安的肋骨

# 清晨之诗

清晨在花园的长椅上发呆

金黄的太阳像栖在鸡冠刺桐上

虫鸣有时低沉有时高亢

像一桩挥之不去的心事。我没有

痛苦，也没有要紧的事

但我依然在这个虚无不可描述的清晨

心怀悔意。那个手拿录音机

高唱上世纪的老歌，一边

扭动着腰身，在超市入口

大声读英语的瘦削的老大爷

他死于去年凛冬

——我再无机会与他擦身

在这空荡荡的花园

丝瓜花继续攀爬，灰雀啼鸣

露水的列车正从草叶上缓缓驶过

# 春日的献诗

## ——致林珊

天光渐亮。花朵悬在料峭的枝梢

雨水匍匐在地上

祈祷似的凝神注视着一切

这些日子，你一定和我一样

默默地待在家中，我也一直在回想

你离开时，行舟之上那疯狂的野草

麇集在高处哀鸣不止的猿猴

晴日里，你红色的身影

闪现在油菜花田。在封锁期

在纪念日，异乡之夜永远如此

巴山夜雨模模糊糊……

哦，我曾以为，心灵一分为二——

它属于你，我知晓个中缘由

什么是最重要的。一切如同忘却

哦，姐姐。别再心怀忧戚

雨声不停，我看到它穿过我后

又穿过了草木。当我看向你

在它的薄墙，你已切割出生活的宝钻

# 远镇

我们终于来到海滨小镇

这往日里，我们痴念着却从未涉足的

远方。——

既非景区，亦非故土

一种不可思议的熟悉萦绕

所有的事物都在将我经受

它们仿佛悄声私语

它们身在何处？它们是何物？

我低垂眼帘，医院里响起祈祷声

白床单凝固。海风止息于棕榈间

当我不在时——

它又分娩出它自己

一条道路，盲目而碧绿……

第四辑

一个人生活

# 恍惚之诗

我惊讶于，厨房顽固的油污

依然保持着某种植物的香气

恍惚之间，木砧板从竹林

带回了风。我深谙时间的真实面目

像枕上的白发，不断积厚的尘土

灶膛里的火越旺，地上就越多

横切的伤口。这么多年

雪石头沉重，大地比书本狭窄

我们小心提防机敏的天空

足迹遍布，迎向簌簌声和絮语

又是春深。我空荡的双手

伸向窗口，伸向钟表午后的嘀嗒声

就这样：低头，走出院子

在我们之间的

不是人间的里程，——而是生活

# 大江坑：种豆记

孩子，你看：更远的水面

是如此的平滑……停住，在溪边

一对穷夫妇，锄镐翻动的声音

是如此欢乐。傍晚

你在灶前认真地剥豆

抿着嘴，总有青豆从你手边滚落

蹦跳……你嗔怪豆子们调皮

孩子，你当然熟悉煮豆燃豆萁

这样的隐喻。而你的父亲

通过一条青蛇，将一生还给了豆

至此，你决心离开——

这么多年过去，你当然清楚

豆字的本义：盛食物的器皿

我当然也知道，每提到这个字

你的眼睛里，就豆火闪烁……

# 村夜即事

我在村径上漫步

二月的雨夜

有人说着它的神秘


但没有人听到犬吠、蛙鸣

没有人说起羊子山、杞柴坑、塔坑

没有人在小路上走，除了我


水田中不见明亮的犁铧

嘤嘤悦耳的鸟啼本该在山中颤抖

一片古老的林子本该在这里长起


河流——这伟大的舵手

今夜在木桥下，哗哗而歌

# 草木离人

菜园空荒着。紫云英拉着一车春风

红头草、苦荬菜自在地生长

你说，芦萁山不只长芦萁

也长黄荆、醉鱼草、朱砂根

如今，一个终生失明的人

回到这中间。她仓促的一生

从未走出这个小镇

她爬上芦萁山，又回到黑暗的小屋

她简单朴素，如同一个地名

饥年吃野菜。晚年的疯言疯语

向来无关痛痒。当我再次写到婆婆纳

你睁开了蓝眼睛，还没有适应

刺眼的阳光。你轻轻晃了一下

又晃了一下，好像在说话……

# 过大庾岭

冬月的某天悄悄地融化

梅朵从遥远的唐朝开过来

丝毫不费力气。我们漫不经心地

走在古驿道，一只鸟在老枫香树上

发呆。山涧旁的妇人正伐竹取水

有人置身于造雪机巨大的噪音

有人还在缅想世事的尘土，失意之人

如同冰块的脚掌。他们曾经有过

一个名字，一具肉体。而今已成云烟

我不明所以。或许像往常一样疲倦

我伫立竹林，不知为何

不想触碰内心那暴乱的钢笔

烛火闪烁，欢愉在凉风中流动

灶台，炊烟，你柔和的眼神

你半明半暗的侧脸。我爱——

一杯原浆酒，从谷种出发

已经迈过四季。你一定记得

我们之间深挚的祝福

然而，路上的行人没有人知道

风如何摇晃酩酊的，或失眠的

森林。哎，夜啊，我不惧丑态

昏昏欲睡，我已抵近大梦

深夜，某处，有人在沉没

# 雨夜遣兴

没有人说，一棵置身于风中的树
因忧虑而狂乱。也没有人说
广场中央一位低着头的女孩
就像一棵树

在和她说话的间隙
雨水开始扩张河流的版图
路灯照亮幽幽小径

我们坐在回廊下仿佛无事发生
也不能说我们感到了悲伤
"任谁都无法接受，一个女人
在睡眠中死去的事实。"
当你苦涩的唇，颤抖着说出
我们同样对死亡这不忠的伴侣
心有所惧，

但我们为何，——一再哑口

我们幼弱的咽喉渐渐被世事填满

# 黑

我们从山顶往回走

雨后的深夜

风轻轻吹拂，黑魆魆的山径上

感官正加深着我们的恐惧


但此刻的自己是不是更为真实

一览无余，如同往日荒原


那重新出现的无法通行的泥泞小路

那提前关上的灯

制造出你无法适应的黑暗


走在深夜的山径上

树叶的叹息打破寂静，——即使在白天

有人依然无所适从

仿佛正经历，人世最纯净

最刻骨的黑

# 初夏

又是这样的初夏
鸟儿们在窗外重谱它们的歌
风总给人微微的倦意

我们耘田、锄豆或者砍柴
画纸为棋局，敲针作钓钩
有时，坐在老屋的门槛上

数燕子们飞出去几回。看那白鹭
像一片雪，落在远处的田野
当我回到那腥湿的土屋里——

蜡烛烧完之后，夜黑得
更彻底了。那陷下去的床垫
还坐着一个完整的臀形

碗依然盛着饥饿的生活

镜子不肯放过那未经粉刷的墙

我也不打算回避另一个我

# 出航

无中生有的恍惚之美——

如果你正坐着一艘帆船出航

和此刻的我一样，在赣江的脉搏上

穿行在一种不可捉摸的空茫之中

又无措地忍受着日光的烧灼

和江上乏味的事物

那浑浊的江水，依然不眠不休

任谁也无法摆脱

人们都沉浸在感官的乐曲中

叹息、战栗，当你指向——

两米之外的一只白鹭

它停在碧绿的草洲上，像一朵云

我们窃窃私议，不去惊扰它

不知是谁说起：

它像一块丧布，突然降落

# 和紫叶李有关的

这个春天。食堂门口的紫叶李开花时

我困居在家中，几乎一整天

都盯着和疫情有关的新闻

"有些痛楚，远非时间所能消化。"

某日，我忽然想起那几棵树

想起那一树被雨水击落的花朵

我们都隔绝在各自的空间里

呼吸，做梦……


确切地说，这个春天

从始至终，我都没有看见它们


它们在我想象中度过闪电般的一生

# 夏日的清晨

清晨。我将要去马路对面

吃早饭，在那棵朴树下小坐

偶尔几声鸟唱

让这个空旷的清晨更空旷了

洒水车驶过的街道湿漉漉的

空气沁凉，仿佛可以倾倒进玻璃杯

但忙忙碌碌是不久的事情了

那蝉躁，虚无和久违的日光

也是不久的事情了

哦，亲爱的，——在这石墩子上坐着

我终究没能穿过清晨的马路

一个出神的人

在这个清晨，身分多处

但并没有哪一处的存在，看起来

像我们，多出来的一生

# 存在

你是否还记得

某年某月，某日——你曾如何生活

遇见谁？走过哪条街道

途经怎样的风景？

你熟视无睹或为之震荡⋯⋯

在时光的链条上，总有人出岔子

总有一个瞬间给你致命一击

正如活着的人，在隆起的土丘上劳作

他竟然不知道自己

正站在某个人的墓穴之上

而死去之人，坟丘上长出一株泡桐

那么多的绿叶和白花

但没有一人会问

它正分享喜悦，还是身披痛苦

# 婚姻

还要整理好阳台，以便更多的阳光

照射进来。还要在三餐之后

应付那些刀刃，滚动的豆粒

并提防那些油腻滑入心里。但当务之急

是要把自己从某个角落找回来

他也许一个人在低泣，沉思

如果你对我心生责备，我也不会作声

其实，你这样了解我

有时候比石头坚硬、困窘、沉默

有时候比荒原的雪更容易融化

当我们不再说爱，开始理解生活

并试图重新走向自己的场院

这枝丫上的花瓣，我分不清

先颤抖，还是先饮下这无边的夜雨

# 夏日有感

阳光反复穿透夏日里的事物
走廊前的黄葛轻轻摇晃

今日的教室，坐着昨日的我
门锁烫得吓人
窗帘如同一挂静止的瀑布

在整齐排开的课桌上
我和他们一样
微微颤抖着，快速书写

去向不明，忐忑又怀揣一丝希冀
我们不得不接受这样的隐喻

我们在某处生活，借此机会
审视自己，修正，或如顽石——

只是后来眉目松弛，听闻楼前蝉鸣

就像触摸到青春的弹孔……

# 虎溪巷记事

雪已经停了

汽车大声地从灯盏旁边跑过

小店白色的蒸汽穿过空荡荡的枝间

坐在课桌前的我们，不时望着窗外

一条街，三两行人，孩子的笑声

骨碌碌跑过

那时，我们还没有难言的心事

一场大雪加深了我们对时光的记忆

我们以刺骨的冷水洗澡

夜里的卧谈仿佛永远不会停下

总有一道难题，始终横在我们心中

令我们忘记自己身处战栗之中

在虎溪巷，一件再平常的事

都会增加我们的心跳

# 水的多元表达

从小我就知道

它有一张惊人的嘴，三两口便吞掉了

我掉落的绿豆冰棍

大伯滑入它的漩涡，没再回来

母亲每日去溪边

它成为扁担两端的巨石

它有时直接粗暴，给爷爷修坟时

变成一把水刀，视大理石如软泥

当父亲把一桶水提到楼顶

它慢慢升温，成为父亲的洗澡水

我反应过来

它的体内藏着滚烫的火

一晃多年过去，我感到生活的艰难

对于慢慢升温的水

我心怀深深的警惕，我更多的精力

都在避免落水，避免

成为一只被熬煮的青蛙

# 哀语

爱是虚词。

生活常是一件捕风之事。

时间的指针，在耳蜗边

闷雷般滚动。

——这些我早已明白，

当我偶然走进人群。

在我到达之前，是什么力量

令我停了下来？……

# 老

当你叫我"老林"，我毫不在意
我知道"老"只是一个形容词
一个过程。就像大地的裂隙
江水追赶着江水，就像兀立的乱石
在光阴中后退。当你叫我"林老"，
我才发觉这个字的可怕之处
这么些年，雪带来生活的盐粒的同时
也带来了冷意。当你以一颗写碑之心
触摸我，我便默认了一个事实
虚度一生，我有浑然不知的愧意

# 一个人生活

这曾反复设想

在小镇，我一个人生活

一个人静静地坐在香樟树下

我的心遍立墓碑

但只要沉默和深渊没有来

我就一个人在树下坐着

像落叶一样坐着——

抽烟，出神……我无事可做

我自私，不关心世界，偶尔假意

和过路人寒暄。我感觉不到

大地的晃动。人心的背离。

一些人走着走着就不见了。

半夜野猫哭嚎。偶有枯枝掉落

砸破你的额头。——这人世，悲怆已多

只有风、鸟鸣频繁地灌入耳蜗

而大地之上，红红绿绿

依旧闪闪烁烁……

# 恰似故人来

我想说的是

那棵老死在水岸边的苦柚

夏天，我和哥哥们

爬上柚子树往河里跳

我们戏水，玩谁憋气最久的游戏

我们像一条鱼，很快游过了童年

但我们依然害怕那背部碧绿的树蛙

依然馋树上的苦柚

这么多年过去——

我总记得，水岸边有一棵苦柚

有时也想起种树的阿婆

可以确定的是，那棵树老死之后

我家门口长出一棵柚树

（来源于我无意间撒下的柚子籽）

它很快长到三层楼高

——某个春夜，蛙鸣如鼓

我从睡梦中醒来，竟闻到

一阵阵柚子花香。我坐起来

出神许久。夜雨缠绵，香气弥漫——

仿佛故人，正缓缓走来……

# 雨水

雨下个不停，将一切

和盘托出。又似乎什么话也没说


它在庭院漫然走动

小心翼翼，将你的眉头皱起

你或许想起朝日将现的时候

或许困于斗室

以拙劣的隐喻，将它一再伤害


需承认：它依然是针——柔软的一种

是初生之喜悦汇入寂静的大河

当你神奇的双目将它辨认


——雨水仿佛寒钟，而人间遍醒诸佛

# 赶路

夜幕围拢公路。汽车总是先于我们
到达远方。风在动，每一片落叶
都似乎有悲伤的理由

旷野上空，坐着一枚弯月
柿子挂在秋天。鸟飞鸟的……

虫鸣从灌木丛中醒来
仿佛有人按捺不住，在喊我

# 一些细节令人哀伤

我们旋动钥匙

其实钥匙也在打开我们

尽管打开的世界鲜有变幻

但其实和此前不太一样

一些微妙的差别，让人无言

譬如，早樱在枝梢的喜悦

与树下小径的寂寥，构不成比例

譬如你们亲吻，隔着窗玻璃

譬如，一辆车匆匆忙忙

跑向殡仪馆。它碾过小水洼

留下两行车轮印

分明像两个人

在追赶，呼喊……

# 岁末登通天岩

我们进去。唯一的绕湖小路

沉寂，空荒。路标搭耷着眼睛

地表上落叶堆积

草木的香气，如同一场旧梦

你曾筑起草庐，将深山视作故园

人世的啾啾之声

或者像我脚踝上的陈年伤疤

肩扛栲树的孩子，已经长大

桃金娘的果实凝固在腊月

我在枝杈摇晃时抬头，一封信

继续哗哗地书写着。窸窣之声

在灌木丛中响起

如果就此停住，屏息以待

你会看见，鸟雀们

在枯叶中跳动，交谈

掀起的金色浪花

有着旁若无人的历史的迷静

# 悬崖歌

冬夜读完了《唯有孤独恒常如新》
偶有车辆驶过
花园多么安静

有人踩着枯叶向前挪步
山茶花小巧的瓶身
开始喷溅红色的泡沫

你关了灯。眼神仿佛触到什么
忽然闭紧。这里并没有空处
一些琐事松开你的胳膊……

想引人注目，就把黑夜涂
在身上。光线注视着你
人人都在对方那里行走——

茶几上的牛奶瓶打翻了

哗啦啦流到地上

你的眼前，正在显现


一道悬崖，一道显豁的伤口

# 一只红蜻蜓停在枯枝上

# 往事

午后雨水滴答。父亲坐在檐下

柴刀、竹片、砂纸，短暂交锋

我知道，竹筷是晚餐的一部分

新的竹篱笆围起的旧菜园里

母亲一个下午都在躬身干活

小鸡们来回晃悠，伺机溜进去

牛棚倒塌，老水牛渴死山林

想起故我今我，我深深抱憾

蓑衣、斗笠还醒在雨中

哦。我还拥有一双旧鞋

天黑了，我就走回煤油灯下

那个小名叫秋生的孩子

秋天入学。到了春天

他已能将桃花一样的句子，填入田字格

将中药渣倒在路中间

他结结巴巴和你说了很多

却没有一个字和人间有关

# 小径归牧图

城郊的低地上隆起一座农贸市场
一座土山搬运在眼前。几坵水田
静静地抽绿

山岗上一片枯黄，白茅瑟瑟絮语
身后的松林落满星子

——我挥动着手中的竹枚
已经长大的牧童，似乎无笛可吹
村子小如豆粒，虫眼清晰……

吃草的老水牛淡淡的愁绪
笼罩着一条荒径

# 后来

后来我总想起，在课堂上

昏睡，嘻嘻哈哈的他们。读到

"谢太傅寒雪日内集。"

"太守自谓也。"

便故意将"内集"和"自谓"提高音调

一边低头窃笑。下课后

在樟树下追逐，发呆，注视着

某个女生。春天

望着食堂门口满树李子留涎水

我看着他们一茬茬地出现

又一头扎入人群

但向来没有人注意

我正静静地消化着某个学生的死讯

面对他的一生——

总有欲言又止之痛，当我双目

空茫地揳入

正午寂寥的空气中

# 风越来越轻

这么多年过去。我坐公交，

依然晕车。但车次、路线，

已和那时不同。看见窗外有蓝天。

玉兰硕大的漩涡，也不再惊呼。

车里空荡荡的。想起你

——高架桥从我家附近通向机场

南河大桥即将拆除

文清路上行人稀少

三家永安南城倒闭多年

这些你并不知晓

似乎只有常去的浮桥鲜有变化

孩子们在河床上放风筝、堆沙堡

我喘着气坐在石堆上，风越来越轻

我已经对一切又甜又腻的东西

心怀警惕。譬如棉花糖

譬如爱情……

# 已逝之夜

彻夜的雨声让人深感疲惫

那雨势填充着黑夜的框架

遂愈加顺从，无言，想起一生之罪愆

失语的唇舌，某种战栗，拷问……

在无数过去诞下的并无新意的今日

我有一株梧桐树重开的悲伤

# 暮年诗

不必再倾听，大地之上

那奇异而奢侈的寂静

不必再目视，事物的伤痕和喘息


我古船般的心脏，曾经满身火焰

如今，注满碎裂的月光

## 忽然醒来

一想到死亡，就心生悲凉
一想到墓床寂静，有着木质的香气
忽然又觉得安慰

我有着不符年龄的心绪
越发薄凉的日子。风吹动枯草
事物的颓败到了无以复加的地步

又一次，在午后醒来
我听到隐隐的雷声，仿佛一只
巨大的海螺，在说话

# 芜水边的夜晚

当晚饭已上桌。窸窣的雨声吸引住我

我早已习惯这样的夜晚

冒雨出行，在茸绿的田野彷徨


背枕羊子山的村民，如同芜水的支流

在这样的静夜里

稀疏的灯火，就像火笼里的炭


我和九十六岁的洪伯，在路上相遇

垂下眼帘，不想把话多说

他的儿子独眼，跛脚，又嗜酒


死于去年。村尾刘家闭门多年

门前被一大片车前草覆盖

我闭眼，止住脚步

像我故去的瞎子阿婆一样

和事物徒然地对望。夜雨从瓦片上

潺潺流泻。藤蔓纠缠着石桥

不能以对或错去判断时间

我早已习惯这样的夜晚

# 罪己书

名字中带草

野草的草，潦草的草，草民的草

人间虫鸣四起，带着空旷的宿命

在巨大的黑幕下，我们抱着自己的灯芯

俗着，爱着

在人间那巨大的森林

并不觉得自己亮着，饮风，畏冷

静静地说话。身无长物

在早已车水马龙的幽幽小径上走着

越清醒，越感到真理之痛

# 制造夏天的人

一阵刺耳的声音在黄昏弥散

带着金属的质地，我下意识看向

栾树金色的树冠

不是蝉鸣。——是砂轮

在黑暗的楼道切割地板

晚风清凉，世事悬念不多

而制造夏天的人

蹲在地上，面容如天色般昏暗

# 沟壑

碘伏在等伤口。螺丝松懈在角落
养在水罐中的那条泥鳅
饿了一个多月，开始吃碎米粒
身体越发的白

书本总停在让人流泪的那一页
脐橙的果香介入进来
那些我们称之为喜讯的
正被播报。那些被我们痛悼的
如期到来

我皱巴巴地缩在沙发上
当阳台上的衣服被太阳返照
我第一次，将自己
比作一枚核桃。——

在平坦的春夏，我心中充满了沟壑

# 黄昏

对面的山坡开出许多白花

大概是木梓吧，那样密集

在我从未涉足的地方

像无数昨日之重现


我的错在于——

我将屋里的一株野草

处死已久。对于窗外那从未断绝的鸟鸣

我将它们一再理解为

树的骨架，时间的骨架


落雨的黄昏，我想过的痛有很多

比如爱之不达，比如回首之憾……

# 隐

秋风一吹，植物们窸窣作响
像在小心走路。那些银杏，蓝花草
无心的竹，系满红绳的桃枝
以及红到陌路的枫叶——

一株植物也有背井离乡之痛
有年暮的安宁

但此时，他们深植在
寂静的山谷
炊烟正在升起。修篱的人归来
他听见有人正敲响酒缸

# 山中

一个久居山中的人
早已知晓，山中寒凉远胜人间

这一日终于到来
乱石在风中翻身
涧水拉长白练。格桑静静吐气
星子闪烁
模拟出另一个人间

# 祖母的黄昏

失明的祖母坐在黄昏的

门槛上。她能根据光线和冷暖

区分时间


她衣食至简，屋子里没有灯

晚年精神分裂

无法再认出我

一生去过最远的地方


是县城中医院。这么多年来

我深谙她的富有，目空一切

物是人非，她只知其一半


她不知道，这个她无法抵达的

即将落雨的黄昏

那些和飞蛾有关的，细微的变化

——光线在拐弯，黑夜正徐徐打开

# 大江坑

我想长久地爱你

十月的暮云下，空气闷热

花生地传来的虫鸣，已稍显凝滞

我看见有人打着手电筒

从田埂走过，摩托车的声音

在院前停下。我沿着杂草丛生的村路

往前走，脚步声将一盏路灯擦亮

有些人的名字，提起，再无回应

有一些人，愈加陌生

他们说话的声音，像消逝中的水流

他们的面孔，让人想起

土屋下，一生失明的祖母

# 蜂箱

无论如何，我写不出一首让人绝望的诗
生活的绝望总是大过诗——

当我托腮，望着窗外的灯火
我们所生活的——

蜂箱一般的城市。我们
翅上有百花。有不堪一尝的甜

和酒醉似的翩跹。当我们抚摸一枚蛰针
有人说，死如寓言

# 返乡记

田野里的稻茬

和路边光秃秃的意杨树

并没有什么区别

携带荒凉之意


一两只鸟雀偶尔

掠过田野，在树梢上鸣叫

油菜花的黄，稻茬旁的一撮绿

已率先抵达


太阳对世界的涂金和装饰

多么隆重。风每吹一次

田野的重量都在增加

# 别乡记

意杨树一闪而过

反复想起的，不过是啾啾的鸟鸣

泛青的田亩，平静的水塘

茫茫的大雾所覆盖的山脉

和村镇。一阵阵噼啪声后

四野岑寂。我抽身离开故乡

茫茫的大雾

正一点点从人间撤退

# 流水和白马

我没有多少流水东去的悲伤

初秋的傍晚，漫天绯红，浮桥横在江中

我提前预感到晚风的凉意

经过遍地浓荫的路段，望着墙外

荒芜渐生的菜园。几年前

我曾生活在这里，初尝苦涩的人

还没有留起长长的胡须

他刚从两百里外的兴国来到这里

他用快递寄来锅碗瓢盆

他花了一天时间把那辆旧电动车骑来这里

因此，他得以知晓——

沿途什么在发生，什么永不逝去

在那个陌生的傍晚

他面对他的年轻，一如此刻我

面对夜幕。我低着头在街边走

一枚半月悬在天空

叶丛中探照的路灯，像饮水的白马

坐在黑暗中央。虚无的嗒嗒声中

光在说话，光在纺织……

# 图景

走在老水牛身后的

是一把劳累了多年的犁

走在犁身后的

是苍老的父亲

走在父亲身后的

是岁月喟叹的清风

# 雨下雨的

从百叶窗往外窥视

街边安静了不少。一种空茫

和疏离感，笼罩着……

雨落在草树上

和落在你我身上，并没有

什么区别。窗前唯独一棵树

绿莹莹的，未有一丝幽深

室内有某种旋律，经久不息——

我们的早餐：燕麦，芝麻饼

或者，三两克孤独

在街上走的不是我们

小屋里，我渴着，爱着

雾茫茫。而雨下雨的

# 理发记

你可想象

一个人困于斗室

胡子拉碴，头发黯淡

一切有待清理

与之相反，窗外的街道

被剃得空落落的

无论白昼黑夜，干净而平静

如果，不是雨

不是春日，山河汇聚着悲壮

不是有人无端端地死

望向我

万家灯火

不会像一万个弹孔

而那里不流血，只流泪

# 天空之境

鸟，鸟在默契中彼此沉默
楼顶。红辣椒。稠密的谷粒。风。
一群来自异域的野孩子。

它们来来去去，又停在，
两栋灰色建筑之间耷拉着的电线上。

危崖之上，有嬉戏者。
一片羽毛悄然落地，
像脚步消失于道路。一声鸟鸣，
从另一声鸟鸣中撤离。

枝干兀立。拍打。我没有再见过，
柔和的树冠，恍惚的人群。

天空灰白，如同一艘熄了灯的巨轮。

# 墓志铭

—— 记澳洲大火


灰色的穹顶掀起风暴

一个大洲。

焰色的栅栏。


我想起孕中的考拉。

一只长颈鹿伸长着脖子。

眼里养着一亩水。


今夜，冷雨落在赣州。

风从窗口挤入。墙壁上。


一张地图冰冰冷冷。

一个指甲盖般大小的深渊。

# 1月12日夏木塘晨起听鸟鸣

在小镇。已经很久了

孤独和冷，构成一个人

内心的纹理。有时咽痛，晕

我把自己想象成噤声已久的蝉

褐色的枝丫岑寂

关押着各色语言。天空灰蒙蒙的

仿佛失忆。一只鸟

一群鸟，我或许叫不出名字

更无法确定

它是否浑身沾满雨珠，徒然

望着辽阔，暗哑的旷野

声音远远近近高高低低

忽然又变得安静，一种虚无将人俘获

它在我们不知道的某个角落

发出声音。或者等同于枯树小路

大地干净而慈悲。一阵阵鸟鸣声

如同时间的骨架

# 暮夏行水西经虎岗

空着的一亩水，去年种上了莲

"如今已是白鸽伫立。"

你指着花朵对我说。莲叶下的红鲤

偶尔露头，窥听人间之事


菜园里，妇人们在挥汗

丝瓜花攀在架上，收集夕光

一只黑鸟，从灌木丛中突然窜出


暮色围拢道路。儿子挥动木锹

对仓皇的瓢虫来说，每座快速隆起的沙丘


都是灾难，和遗址。

# 一个昏暗的早晨

一个昏暗的早晨。孤鸟徐徐飞翔

火车从桥梁上轰鸣而过

悠长的坡路，谁也不愿投去一丝目光

小雨飘洒在金黄的树冠上

车辆缓缓移动，我没有听见

任何人的交谈

我对这一天早有预感

旷野隆起新鲜的土堆

枯黄的野草了无边际

和我一起走向晚秋的朋友

还有那位，饮下无数痛楚

在林中久久徘徊的人，他看见了

雾霭和草树不动声色的悲伤

……

这些年，我们埋首道路，

或许就像夜色，在自身中消融

# 村居即事

坐下来吧，点上香烟，

烟雾追随晚风，

而你追随一枚浑圆的落日。


缓缓走进黑夜，群山托举漫天繁星。

稻香溢出田野。

蛙群把鼓抱在怀中，敲打……


妇人背着一捆干柴，走在小路上，

脸颊挂着细密的汗珠，阿黄跳起来，

两条前腿，就要抱住她的腰。

# 另一种生活

午后，我们穿过浮桥

走向对岸的小村庄，妇人们

围拢一棵树，黄狗闭眼趴在地上

我在恍惚中抬起头：一片起伏的树枝网

光秃秃衬着瓦灰色的天空

我的脊背感受到

一股树叶被风吹动的凉意

我常看见你提着水桶

走过荆棘和竹丛。浇水、撅红薯

有时巴巴地坐着

什么话也不说。寂静的小山岗

月亮飞快地盈缺着，每片草叶

都是冷霜镌下的象形字符

那眼看就要枯涸的水塘，鱼儿搅起涟漪……

在这古老无旁梢的大树下

我们多么羡慕彼此，又不得不

和单调的事物继续生活：

蔬菜，呼吸，鸟影

慈悲和真谛。

# 傍晚

一觉醒来，太阳正挂在对面山顶的
松枝上，几只鹧鸪相互呼应
鸣叫着。溽热，饭菜的味道
还有车轮滚过的声响，填充着
傍晚的空气。我在窗前注视这一切

——总有一件事物吧，它这般像我
假装对流逝一无所知
并将爱，视作一生至苦

# 一只红蜻蜓停在枯枝上

极少这样的时刻：风吹动暮云

古老而意味深刻的寒意从身后的山中吹来

鸭群在抽穗的稻田里鸣叫

晚归的人穿着湿漉漉的衣衫

从村径驶过，老妇人的篓子里

提着新鲜的木槿。我正要去院子里

抱柴生火。极少这样的时刻

让人想起一生的孤独和爱。流水

从长满青苔的河床缓缓流过

一只红蜻蜓停在山苍树的枯枝上

# 金橘往事

鸡舍边的三株金橘，已亭亭如盖矣
无人打理，它结的果一年比一年小
值得提起的是，偶尔飞停的麻雀
树下凉荫常卧着的几只母鸡
夕阳照例每日穿过它，——
门前空旷的晒谷坪，青苔已经发黑
我们不再去后山摘苦楮子。农事荒废已久
这么些年，村民流水般来去

突然想起你，常在金橘边站着的你
一生失明，晚年精神分裂的你
对世事的感知，大多通过气味、温度
和蚊虫咬后的痒或疼
的你。

# 后记

朋友突然问我，你会不会在某个时刻觉得，能静静地呼吸就感到幸福，能发上一会儿呆，看衰草连天，就感到幸福。

我一怔，望着清晨小镇的轮廓，对他微微一笑。

相比之下，我是一个喜静又寡言的人，一天里，会花上许多时间，在家附近的田野松坡走一走，有时，深夜驱车，去峰山顶上看满天星斗。要坦白，我亦是一个极敏感的人，这些从生活的细枝末节处得来的文字，让我惭愧，这本集子能在我写诗的第三个年头面世，亦让我惶恐，感到任重道远。倘若有一天，我们相见，撇下诗，我们来谈谈生活吧，这是更为广袤的矿脉。

我也爱菜市场的鱼腥和瓜果的气味，爱大雨中行色匆匆的路人，爱一棵树从发芽到落叶的安宁。我深知一生的光阴，漫长又短暂，会有多少坎坷和忧愁，喜悦和遗憾，有时，或许被命运裹挟着向前，但捡拾平凡生活中的碎银，往往比摘取星辰，疯狂的沙中淘金，来得更有意义。

仍要捕捉故事的碎片，仍要以草木上的露水洗手和净心，仍要写着，爱着……

林长芯

2020年11月9日